Cerco di dirti...

Poesie e fotografie

IRMA KURTI

BIAGIO FORTINI

Ukiyoto Publishing

All global publishing rights are held by
Ukiyoto Publishing
Published in 2025

Content Copyright © IRMA KURTI, BIAGIO FORTINI
ISBN 9789370097872

All rights reserved.
No part of this publication may be reproduced, transmitted, or stored in a retrieval system, in any form by any means, electronic, mechanical, photocopying, recording or otherwise, without the prior permission of the publisher.

The moral rights of the author have been asserted.

This is a work of fiction. Names, characters, businesses, places, events, locales, and incidents are either the products of the author's imagination or used in a fictitious manner. Any resemblance to actual persons, living or dead, or actual events is purely coincidental.

This book is sold subject to the condition that it shall not by way of trade or otherwise, be lent, resold, hired out or otherwise circulated, without the publisher's prior consent, in any form of binding or cover other than that in which it is published.

www.ukiyoto.com

Ai miei genitori, Hasan Kurti e Sherife Mezini,
per dire loro che non c'è giorno in cui non li penso
e che sono dentro di me,
nel posto più sicuro, nell'anima,
dove si custodiscono solo gli amori più grandi…

Indice

IN UN BIVIO	2
AMORE E PENTIMENTO...	4
PERLE	6
MI ERA MANCATO	8
TI SCRIVO	10
L'ONDA	12
IL TUO PENSIERO	14
PETALI	16
GLI ALBERI DI LIMONE	18
IL CIELO SI LAMENTA	20
PLATONICO	22
CERCO DI DIRTI...	24
NON SAREI VENUTA QUI	26
I MIEI SOGNI	28
NON HO PIÙ TEMPO	30
SULLE ALI DEL VENTO	32
UN AMICO	34
MAGIA	37
STAMMI VICINO	39
TI CHIAMO	41
SFUGGIRE ALLA SOLITUDINE	43
IL PONTE	45
SCINTILLE E STELLE	47
QUALCOSA DI TRISTE	49
INTATTA	51
NOTTI D'AUTUNNO	53
UN'OMBRA	55
PER VENIRE DA TE	57

DIETRO UNA NUVOLA	59
LUNGA ESTATE	61
QUANDO BUSSA IL RAGGIO DI SOLE	63
RESPIRERÒ LIBERAMENTE	65
TI PENSO	67
QUI	69
GOCCE D'ACQUA E DI LACRIME	71
INFORMAZIONI SULL'AUTORE	73
LE FOTOGRAFIE	75

IN UN BIVIO

Quante volte ho percorso mentalmente il cammino verso di te! Ho bussato alla porta di casa; i tulipani abbassavano la testa piano, timidi o impauriti dalla mia presenza. Ti ho contemplato con uno di quegli sguardi che sono teneri e rari, e che racchiudono dentro un mondo.

Ho osato baciarti, annegando migliaia di parole nel mare della mia anima. E ho aperto gli occhi. La mia tristezza si è trasformata in una lacrima; non per il sogno lasciato a metà, ma per quel cancello della tua casa che resta per me ancora chiuso e mi trovo davanti a esso proprio come in un bivio arduo.

AMORE E PENTIMENTO...

Cosa proverò quando ti vedrò per strada?
Mi batterà il cuore come una volta o forse
mi sembrerai una persona normale, come
un anonimo che mi passa a fianco?

Vorrò per un solo istante immergermi nel
mare dei tuoi occhi? Avvolgerti poi in un
abbraccio, tenendo il mondo tra le mani?

Sono passati tanti anni, difficile contarli.
Le rughe sono aumentate e altre strade
ho attraversato. È successo di incontrare
la felicità, anche se non l'ho riconosciuta
in quell'istante. Tu resti come una volta:
giovane. Un sogno intatto, per sempre.
Amore e pentimento ...

Cerco di dirti…

PERLE

Quanto ti amo! Le parole sono ormai indebolite, non riescono a esprimere ciò che provo. Come perle bianche, mi scivolano dalle mani. Si perdono da qualche parte, nello spazio.

Quanto ti amo! Per la gioia con cui tu riempi il mio cuore, per la tua risata e la sensazione strana che m'invade, mi trasforma l'anima in una piuma assai leggera, dal mattino fino a tarda sera.

Vivo immersa in un profondo silenzio, con migliaia di parole che si mutano in perle bianche e mi scivolano dalle dita in ogni istante.

MI ERA MANCATO

Mi era mancato davvero lo sciabordio
delle onde del mare, il loro infrangersi
sulle rocce; la danza, sotto la carezza
del vento, delle barche sull'acqua.

Mi era mancato davvero lo sciabordio
del mare, il cospargersi dei capelli di
sale, i paesaggi disegnati di luce e le
conchiglie rotte dal temporale.

Calpesto i tuoi stessi passi, dove hai
camminato tu, papà, e ti penso, oh,
ti penso così tanto che mi sembra di
averti accanto. Ora mi sforzo di farne
parte del tuo abbraccio dentro questa
onda bianca.

TI SCRIVO

Cara mamma, ti scrivo da un posto
di sole, trasparente e senza nuvole.
Qui il silenzio dipende dal cinguettio
di un uccello, ma niente può imitare
il tuo sguardo pieno di amore e luce.

Ti scrivo da un luogo dalle onde color
azzurro. Esse mi bagnano, mi baciano
il viso, ma nulla al mondo può imitare
il tuo bacio così dolce che, in un solo
istante, mi trasformava in una bambina.

La brezza si siede sui miei capelli e li
scompiglia, poi cerca di pettinarli, così
come facevi una volta con le dita. Ma
niente, ti giuro, niente è come la tua
carezza che da tutte le insidie e le
atrocità mi proteggeva!

Strappo il foglio. I suoi pezzi come
i fiocchi di neve scivolano a terra. A
noi non ci separa nessuna distanza.
Tu sei dentro di me. Nell'anima.

L'ONDA

La nostra passeggiata con il mare a fianco, con le voci che si fondono con il fruscio delle onde. Siamo così vicini, eppure così lontani che non riesco a toccarti; nemmeno a rompere, con una parola, il ghiaccio.

Cominciamo a parlare del mondo che ci circonda, dei dolori, della tristezza delle ultime notizie, mai di noi due, di questo sentimento che dorme da qualche parte della nostra anima, di sicuro.

Un'onda mi bagna e mi sfiora come la tua carezza una volta, che tracce o fiori mi lasciava sulla pelle, e solo per un instante ritrovo il mio sorriso. Lentamente.

IL TUO PENSIERO

Stasera, il tuo pensiero sulla mia finestra
bussa, entra, senza aspettare, vola sotto
la luce dell'abatjour che somiglia al fioco
bagliore della luna.

Il pensiero di te è una farfalla, non vuole
abbandonarmi e mi risveglia migliaia di
sensazioni. I nostri ricordi sono come
delle gemme che riesco a distinguere
anche nel buio, da lontano.

È tardi. È passata la mezzanotte. Ormai
il pensiero di te è una farfalla affaticata;
batte le ali a un ritmo pacato e lento.
Sotto la luce dell'abatjour, come sotto la
pallida luna, si abbassano le mie palpebre.

PETALI

Dimmi, hai sfiorato queste palme, papà?
Hai guardato l'immenso campo di gigli?
Ti sei fermato, solo per un attimo, con la
macchina fotografica in mano, per fissare
uno stralcio di mare che appare ora nello
spazio tra i palazzi?

Hai pensato a me in quell'istante, proprio
come tu sei adesso il mio fisso pensiero?
Ti sei meravigliato davanti alla pace degli
alberi? Hai cercato di decifrare quel fruscio
leggero delle foglie all'alba?

Raccolgo le foglie cadute a terra. Petali di
fiori tengo tra le mie mani. Sono i pochi e
rari ricordi rimasti dalle tue passeggiate.

GLI ALBERI DI LIMONE

Sotto gli alberi di limone la luna lancia
il suo pallido chiarore. Noi due, con un
bicchiere di vino tra le dita, scordiamo il
presente, sfioriamo il passato che, come
un granello di sabbia, scivola.

Tocchiamo frammenti di ricordi, episodi,
luoghi che abbiamo visitato; strade che
abbiamo calpestato con curiosità e pieni
di passione. Il mondo sembra piccolo e
lo tengo tra le mani. La luna non si vede
nel cielo; si è divisa in migliaia di pezzi,
mutandosi in questi limoni sopra di noi,
sui rami appesi...

IL CIELO SI LAMENTA

Le gocce di pioggia picchiano sull'acqua, la trafiggono come migliaia di frecce; le barche ondeggiano impaurite in silenzio. Il vento ulula e dona al paesaggio il colore grigio.

Il cielo si lamenta in questo strano giorno di primavera. All'improvviso si trasforma in uno spazio malinconico e triste. I miei capelli gocciolano pioggia. Io raccolgo un raggio di sole, mentre mi perdo in mezzo alle tenere righe di un messaggio che mi arriva da te.

PLATONICO

Sogno un amore platonico, affinché
la mia anima sbocci come una rosa,
camminare lungo le strade e sentire
le foglie sulle spalle che mi salutano,
come migliaia di mani in un viaggio.

Smarrire me stessa in lunghi sguardi,
immergermi in loro come in un mare,
toccare orizzonti, avere l'impressione
di volare nel cielo. Essere un volatile
migratore, una stella, un arcobaleno...

CERCO DI DIRTI...

Siamo seduti entrambi sulla nostra panchina,
nel parco pieno di voci di bambini che oggi
tace per qualche motivo; con le rare foglie
che cadono vestite di solitudine, con quella
freddezza stoica dei fiocchi di neve sotto un
cielo malinconico.

Cerco di dirti che ti amo e che sei ancora
parte della mia anima, con tutte le fragilità,
così come questo giorno che si perde nel
gelo, lasciando brividi sulla mia pelle. Io
cerco di avvicinarmi a te e di accarezzarti,
però temo che, come le foglie d'autunno,
mi resterai tra le mani.

NON SAREI VENUTA QUI

Non sarei mai venuta qui se non mi avesse aspettato il mare, il fragore delle onde sulla riva, questo vento che scuote le palme e mi fa pensare che mi trovo su un'isola esotica.

Non sarei venuta qui se la tua mano che ora cerca la mia non sembrasse un ponte che collega due rive.

Non sarei venuta qui, su questa spiaggia, se non mi avesse risvegliato le memorie della mia infanzia, se la corsa spedita delle onde non assomigliasse a una bella sinfonia.

Non sarei venuta qui…

I MIEI SOGNI

Il mare è entrato nei miei sogni
con il suo rumore e con il suo
sciabordio che, come un boato,
giungeva in ogni angolo della mia
camera. Mi svegliavo, cercavo di
mutare quel rumore in una ninna
nanna.

I miei sogni si sono riempiti del
mare agitato, il sonno era assai
leggero come una piuma: dormivo
e poi mi svegliavo di soprassalto.

Quando il mattino ha bussato al
vetro, io ho guardato lontano. Il
mare era lì, di fronte a me: così
maestoso e calmo, come se nel
mio sonno non fosse mai entrato.

NON HO PIÙ TEMPO

Non ho più tempo di chiamare gente che non risponde mai, di donare un mondo d'amore a persone che non sono nient'altro che una massa di ghiaccio.

Non ho più tempo di scrivere lettere con parole che non arrivano all'anima, esse, come stormi di uccelli migratori, non volano, ma si fermano nell'aria.

Non ho più tempo. Non ho più tempo di aspettare che mi arrivi una parola gentile da coloro che non riescono a pronunciarla, perché nel cuore hanno semplicemente gelo, astio e rancore.

SULLE ALI DEL VENTO

Sulle ali del vento ho lanciato parole d'amore per te.
Ho sentito il suo urlo, che in musica si è trasformato.
Tu raccogli e unisci le lettere fino a quando sboccerà
la frase: "Ti amo".

Poi lasciale libere, come gabbiani, alzarsi nell'azzurro
e la mia immagine con il mare diventerà un tutt'uno.
Cammini nello spazio che ci separa e lì mi troverai
nella forma della conchiglia, in una traccia sulla sabbia
o in un'onda bianca.

UN AMICO

Una volta avevo un amico: il mare, vasto e infinito. Parlavo con lui, gli raccontavo afflizioni e dolori, condividevamo la mia solitudine nei lunghi giorni. Le onde mi giungevano e mi accarezzavano piano. L'anima si calmava, come il rumore dei flutti che sulla riva si infrangono.

Un giorno la vita mi ha gettato su sentieri senza nome. Ho conosciuto molte persone e alcune di loro ho chiamato erroneamente amici: venivano con frenesia come le onde, ma chissà perché si stancavano e sparivano come gli sciabordii sulle imponenti rocce.

Oggi ricordo con nostalgia quei giorni di grande solitudine. Mi ritrovo sulla riva e la mia anima si tranquillizza. Ho cercato quel mare, quelle onde ovunque, anche qui, dove parlo in una lingua incomprensibile.

Ho cercato ovunque quelle onde del mare della mia città, che conoscevano i miei dolori persino meglio di me. Nelle giornate piovose invernali, il loro fruscio non svanisce, mi fa compagnia, come un'inafferrabile sinfonia.

Cerco di dirti…

MAGIA

Hanno una certa magia i sogni di tutti noi,
che va oltre il tempo e la fantasia. Guardo
mio padre seduto sul divano che fissa il
televisore. I giocatori sembrano parte di
una partita in bianco e nero; la mamma,
e noi tre figlie che dialoghiamo a bassa
voce in un impercepibile bisbiglio.

È piccolo il soggiorno, anche la casa, ma
la felicità è assai grande che dal cuore
viaggia. Mi chiedo: "Come potrà restare
così a lungo con me la gioia, questa volta?"

Mi sveglio, apro gli occhi. Capisco che non
siamo più come allora, siamo rimasti pochi.
Cerco di custodire la pace e propagarla nei
miei giorni. Però non capisco perché la mia
voce resta molto bassa, quasi un sussurro,
come quando con la mamma parlavo nei sogni.

STAMMI VICINO

Stammi vicino nei giorni in cui mi sento
come una foglia caduta da un albero; il
vento la lancia a migliaia di chilometri
di distanza.

Stammi vicino. Sono istanti che prima
o poi passeranno; svaniranno come le
nuvole che si dissolvono nell'orizzonte
lontano.

"Stammi vicino." La mia voce è un'eco
che si perde in sentieri ripidi e difficili,
in un bosco fitto e complicato. Non ti
raggiunge nemmeno per un attimo.

TI CHIAMO

Ti ho visto camminare lentamente,
un po' piegato con il tuo sguardo
perso nello spazio. Mi sei sembrato
un passante, un'ombra che prima o
poi come una nebbia si dissolverà.

Quante rughe ti ho causato, quanti
capelli grigi? Non so, sono ancora
il tuo pensiero o a noi due ci separa
un intero universo?

Ti ho visto. Ho sentito nell'anima la
tua stanchezza. Dentro me si sono
svegliati i litigi e i vecchi rimpianti,
l'astio e i rancori; le notti in cui la
rabbia non ci lasciava un instante
chiudere occhio. Sarebbe bastata
solo una parola per far dissipare i
dubbi, i miei rimorsi, il mio dolore,
per svegliare il sentimento, amarsi
come due adolescenti. Mi alzo e ti
chiamo per nome.

Cerco di dirti…

SFUGGIRE ALLA SOLITUDINE

Cosa dovrei fare in questa lunga notte
che mi sembra non avere mai fine? Essa
mi prende per mano, mi porta in strade
oscure, senza speranza e luce. Il ticchettio
dell'orologio, come una sirena d'allarme,
infrange la mia pace in migliaia di parti.

Dove mi trovo, in che parte del mondo?
Esiste una formula per sfuggire alla mia
solitudine? Cerco di alzarmi, di correre,
ma i passi sono incerti. La solitudine mi
raggiunge subito e rapisce la mia anima.
Non passa molto tempo, la vedo fatta a
pezzi, quasi uno straccio. Ma che cosa si
può fare con un'anima che non riconosco
più, in una notte così lunga e interminabile?

Cerco di dirti…

IL PONTE

Il tuo sorriso è il sole che riscalda con i suoi raggi i recessi più profondi della mia anima, che lenisce come una brezza la mia tristezza e in me accende un bagliore di speranza. Il tuo sorriso è l'instante in cui si scorge un faro in un porto lontano, dopo giorni di piogge e forti temporali.

Il tuo sorriso è il ponte stoico che collega nuovi sentieri inaccessibili, che tenta di presentarmi la gioia e la felicità. Ma tante volte, chissà perché, non mi basta, ed io mi sento sprofondare in un mare di malinconia. E aspetto la nascita di un arcobaleno, di un ponte che mi aprirà, come le braccia, migliaia di porte.

Cerco di dirti…

SCINTILLE E STELLE

Migliaia di scintille caotiche abbandonano un fuoco acceso sulla terra, si elevano verso il cielo; si disperdono lentamente sulle ali del vento. È arduo distinguere le scintille dalle stelle!

Migliaia di scintille e di stelle. La gente, con occhi freddi e volti immobili, contempla ora questo spettacolo raro. Cerco di distaccarmi dalle maschere e dai visi senza espressione per cogliere scintille e stelle. Rifugiarle nella mia anima.

QUALCOSA DI TRISTE

C'è qualcosa di triste nel tuo allontanamento
o nel mio inseguire la tua impronta sulla
sabbia; la ricerca delle note che la tua voce
lascia nell'aria e il tuo profumo su una rosa.

C'è qualcosa di triste in questo mio respiro
affannoso che resta sospeso o nel pensiero
che stia bussando sulla porta, mentre fuori
sta urlando semplicemente il vento.

C'è qualcosa di triste in questa mia fantasia,
ogni volta che io sogno il tuo ritorno, le tue
braccia intorno a me; un bacio veloce come
il volo dell'uccello impaurito, mentre vorrei
una marea d'amore. Sì, c'è qualcosa di triste
in tutte le illusioni che non mi abbandonano,
perché il telefono continua a tacere e i tuoi
passi non si sentono più in questa via. Non
mi arriva da te nessuna notizia.

INTATTA

Il tempo passa. I giorni e le date ci ricordano i viaggi senza ritorno delle persone più care. Restano i loro nomi, una manciata di lettere e di ricordi.

Il fiume del tempo scorre e tenta di lanciare sopra di noi petali bianchi di oblio, voci che si trasformano in echi, sorrisi che sembrano svaniti nella nebbia. Il tempo è spietato e fa di tutto per spogliarci dalle emozioni e dai ricordi che ci legano alle persone amate, così come si comporta l'inverno con i parchi.

Gli alberi restano nudi. I rami sono solitari, i nidi svuotati dai cinguettii e dalla gioia. Ma sulla chioma rimane ancora una foglia con il colore verde. È la speranza che non muore. È la memoria che resta intatta per sempre.

NOTTI D'AUTUNNO

Noi due siamo rimasti solo amici, anche
se abbiamo condiviso afflizioni e gioie.
Mi smarrivo come in una ragnatela
dentro le nostre chiacchiere e parole.

Ma succede, quando la pioggia sferza
i vetri, nelle notti d'autunno, di alzarmi
all'improvviso, sentire la tua voce che
mi chiama come un invito verso terre
sconosciute – belle, come il Paradiso.

Il rimpianto mi invade e mi prende in
ostaggio. E mi arrabbio con te, anche
con me stessa, perché ci siamo persi
nella nebbia calpestando dei percorsi
che annunciavano fughe e mai ritorni.

Nelle notti d'autunno...

Cerco di dirti…

UN'OMBRA

Ricordo quella sera nel parco come se fosse ieri, i tuoi occhi che non guardavano me, ma un punto nello spazio. Tu che parlavi senza sosta di te, ed io che cercavo di cogliere le tue parole nel buio come farfalle.

Non mi trovavo in nessuna delle tue parole, né in un prossimo futuro né in uno lontano. In quella sera che non mi offriva nemmeno un filo di luce, mi sentivo solo un'ombra o poco più di essa.

Nascondevo il mio sospiro nel fruscio di una foglia, il viso sotto la luce pallida e ghiacciata della luna, il sorriso sforzato dietro un ramo d'albero e i sentimenti dentro di me.

Oggi, ogni volta che io cammino in un parco estraneo e anonimo, rivivo, come tanti anni fa, quella sera, quell'inverno nel mio spirito, quegli istanti in cui mi sentivo solo un'ombra o poco più di essa.

PER VENIRE DA TE

Non so se la pioggia ti sta bagnando stasera,
come sta facendo sulla mia pelle, mutandosi
in gocce di rugiada; se copre la tua anima di
nostalgia, come sta facendo con la mia.

Scorgo il tuo ritratto in una goccia di pioggia,
chiaro e trasparente; mi sembra che mi parli
con la tua voce tenera che, tra le braccia dei
sogni, sapeva cullarmi sovente.

Non so se la pioggia ti sta bagnando stasera
e se ti risveglia nostalgia. Vorrei una barca in
questo istante per navigare sui fiumi irruenti
mischiati di pioggia e lacrime. Per venire da te.

DIETRO UNA NUVOLA

Dietro una nuvola mi aspettava
il temporale, ma io mi rallegravo
alla luce del sole, all'aria che era
piena di fiori, gemme e farfalle.

Non scorgevo la luce fioca che la
nuvola creava, i brividi sulla pelle,
il sole che si spegneva quando le
passava vicino; il vento forte che
faceva tremare le foglie come se
fosse un preavviso.

Dietro una nuvola mi aspettava
il temporale…

Cerco di dirti…

LUNGA ESTATE

Negli ultimi giorni di una lunga estate,
le persone sono poche, così come le
conchiglie e i raggi di sole che adesso
si rispecchiano sulle onde.

Sono rare anche le passeggiate sulla
riva, i giochi e i castelli costruiti sulla
sabbia. Le grida gioiose dei bambini
trasformate in echi, dissipati lontano.
Solo i sentimenti e le emozioni che
mi risveglia il tuo nome non cambiano
affatto, assomigliano a questo mare.

QUANDO BUSSA IL RAGGIO DI SOLE

Quando la notte profonda bussa nell'anima e all'improvviso apro gli occhi nell'oscurità; quando i nomi delle persone care mi fanno compagnia e il letto mi sembra estraneo.

Quando una notte qualsiasi sembra come la notte più lunga e cerca di uccidermi l'anima, io scanso viaggi e movimenti, cancello tutto in un istante.

Ma quando bussa il primo raggio di sole sul vetro, tutti i miei piani prendono vita. Sono più forte delle mie fragilità. Allora, le paure si restringono, svaniscono come una nebbia lontana, si mutano in ombre, per tornare di nuovo nella notte.

Cerco di dirti…

RESPIRERÒ LIBERAMENTE

Oggi camminerò. Troverò la pace
lungo le strade e nelle valli piene
di verde. Sui capelli si siederà il
forte vento e me li scompiglierà.
Sulle labbra nascerà una canzone.

Oggi sarò senza pensieri, senza
timidezza e malinconia. Sì, le ho
chiuse a chiave in casa; non ho
tempo di parlare con loro, per
spiegargli che bisogna vivere la
vita in ogni secondo.

Respirerò liberamente. Alla sera,
quando tornerò a casa, loro mi
apriranno la porta come a un
ospite che attendono con ansia...

Cerco di dirti…

TI PENSO

Ti penso con la freddezza di questa neve
che è atterrata per sbaglio in primavera.
Ti penso senza nostalgia e dolore, nella
distanza che ci separa.

Ti penso tanto, ma senza battiti forti del
cuore, senza rimpianti o ansia, perché ti
ho donato tutto: cuore e anima. Nulla mi
è rimasto tranne questo vuoto allucinante.

Ti penso con la freddezza di questa neve.

QUI

Qui, dove il cielo mi parla con un pugno di nuvole,
dove l'aria è fredda e mi batte il viso come frusta,
i frammenti di neve assomigliano a stralci di ricordi.

Qui, parlano tante lingue straniere, ma è possibile
capire l'altro lo stesso, e non servono vocabolari
e traduzione, perché la felicità sorge dal profondo
dello spirito. Qui, sulla cima alta di una montagna,
mi sembra di sfiorare il cielo con un dito…

GOCCE D'ACQUA E DI LACRIME

Ho superato mari e terre aride
con una valigia consumata dai
ricordi. Sulla pelle sono rimaste
mille gocce d'acqua e di lacrime.

E ricordo bene anche nel sogno
l'indirizzo di quella casa dove
giocavo in un angolo, tuffata in
un mondo pieno di domande;
il cortile dove correvo spesso,
la dolce voce della mamma che
mi chiamava, il suo amore che
soltanto con il cielo si misurava.

Ma adesso quella casa non è più
mia, appartiene agli altri, anche
nel cortile corrono tanti bambini

anonimi, forse più disinvolti, più
felici di me. Io vago per le strade
della mia città, senza un rifugio,
per trovarmi, dopo, priva delle
radici e senza indirizzi, ovunque.

Un giorno, quando non ci sarò
più, come un volatile percorrerò
mari e terre per ritornare in quel
nido, con lo sguardo bagnato di
acqua e lacrime. E volerò intorno
al cortile, a quella minuscola casa,
dove ho conosciuto gli amori più
grandi, ammirando gli orizzonti
con occhi pensierosi e sognando
di attraversare l'immenso mare.

Volerò per mitigare la nostalgia,
finché incrocerò il mite sguardo
di un bambino; poi mi dissolverò,
come una nuvola immersa nell'oblio.

Informazioni sull'autore

IRMA KURTI è una poetessa, scrittrice, paroliera, giornalista e traduttrice albanese naturalizzata italiana. Scrive da quando era bambina.

Al pubblico è conosciuta anche come autrice di testi di numerose canzoni di successo, con cui ha partecipato a molteplici festival nazionali nonché di musica leggera in Albania, Kosovo e Macedonia. Ha scritto circa 200 testi di canzoni per adulti e bambini.

Ha vinto numerosi premi e riconoscimenti in Italia, nella Svizzera italiana, negli USA, nelle Filippine, in Libano e Cina. Le è stato conferito il Premio Internazionale "Universum Donna" IX Edizione 2013 per la Letteratura e la nomina a vita di "Ambasciatrice di Pace" dall'Università della Pace della Svizzera Italiana.

Nel 2020 ha ricevuto il titolo di Accademico e Presidente Onorario di WikiPoesia, l'Enciclopedia poetica. Nel 2021 le è stato conferito il premio "Liria" (Libertà) dalla Comunità Arbëreshë in Italia. Le sono stati assegnati i premi "Leonardo da Vinci" e "Giacomo Leopardi" dall'Associazione Culturale "Chimera Arte Contemporanea" di Lecce. Inoltre, le viene conferito il premio "Ambasciatore Europeo" per importanti traguardi raggiunti nel campo letterario.

Irma Kurti ha vinto il prestigioso Naji Naaman's literary prize in Libano. Nell'anno 2024 le è stato conferito il "Premio alla Cultura" al Concorso Internazionale di Letteratura Aido "La vita è per sempre". È traduttrice presso la Fondazione *Itaca* in Spagna. È membro di giuria di diversi concorsi letterali.

Irma Kurti vanta la pubblicazione di oltre 100 opere, tra libri di poesia, narrativa e traduzioni. I suoi libri sono stati pubblicati tranne che in Albania in 20 paesi del mondo.

LE FOTOGRAFIE

BIAGIO FORTINI è nato a Ripalta Cremasca, nella provincia di Cremona. La sua passione per la fotografia l'ha portato a viaggiare in tanti Paesi del mondo. Le foto da lui scattate fanno parte di diverse antologie e siti internet in Italia, Albania, Canada, USA e India e sono risultate finaliste in vari concorsi letterari. Ha vinto il primo premio alla dodicesima edizione del Concorso nazionale di narrativa, poesia e fotografia "Fuori dal cassetto" e il terzo premio al Concorso letterario "La Couleur d'un Poème" 2023, a Milano.

Nel 2020 ha pubblicato con la casa editrice *Amanda Edit* in Romania il libro "Mai multe săruturi decât cuvinte" (Più baci che parole) con le sue fotografie e le poesie della poetessa Irma Kurti. Nel 2022 ha pubblicato con *Edizioni Accademia Barbanera* il libro intitolato "Un giorno mi racconterai" con le sue opere e le poesie di Irma Kurti.

Le fotografie di Biagio Fortini sono diventate copertine di oltre settanta opere letterarie di poesia e prosa pubblicate tra Stati Uniti, Canada, Francia, Italia, Grecia, Albania, Kosovo, Romania, Turchia, Filippine, India, Serbia, Cile, Argentina e Algeria. Abita a Bergamo.

www.ingramcontent.com/pod-product-compliance
Lightning Source LLC
LaVergne TN
LVHW041541070526
838199LV00046B/1769